Analyse de l'œuvre

Par Delphine Leloup
et Jérôme Hallais

Le Joueur d'échecs

de Stefan Zweig

lePetitLittéraire.fr

Rendez-vous sur lepetitlitteraire.fr et découvrez :

Plus de 1200 analyses
Claires et synthétiques
Téléchargeables en 30 secondes
À imprimer chez soi

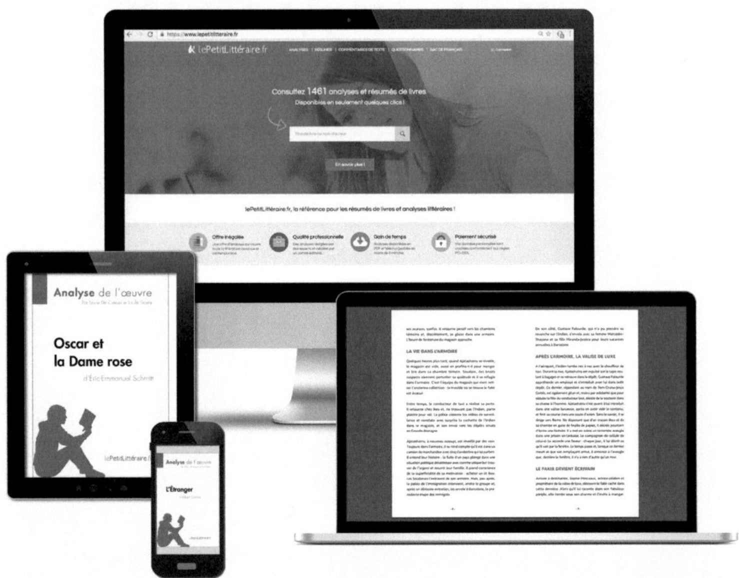

STEFAN ZWEIG

ÉCRIVAIN, DRAMATURGE, JOURNALISTE ET BIOGRAPHE AUTRICHIEN

- **Né en 1881 à Vienne**
- **Décédé en 1942 au Brésil**
- **Quelques-unes de ses œuvres :**
  - *La Confusion des sentiments* (1926), nouvelle
  - *Vingt-quatre heures de la vie d'une femme* (1934), nouvelle
  - *Le Joueur d'échecs* (1943), nouvelle

Stefan Zweig est né à Vienne, en Autriche, en 1881, dans une famille de la grande bourgeoisie juive. Il témoigne très tôt d'une passion pour tout ce qui touche à l'art, la poésie, la littérature et le théâtre. Au fil de ses études et de ses nombreux voyages à travers le monde, il développe un profond humanisme, en même temps qu'un attachement pour la culture européenne. Il se rapproche de grands écrivains tels qu'Émile Verhaeren (poète belge, 1855-1916), Romain Rolland (écrivain français, 1866-1944), Rainer Maria Rilke (écrivain autrichien, 1875-1926) et Jules Romains (écrivain français, 1885-1972). Passionné et terriblement sensible, il est traumatisé par les deux guerres mondiales. En 1933, ses livres sont brulés dans un autodafé à Munich. En 1942, il se suicide au Brésil, alors qu'il avait fui l'Europe quelques années auparavant.

LE JOUEUR D'ÉCHECS

UNE NOUVELLE SUR LA NATURE ET LA PSYCHOLOGIE HUMAINE

- **Genre :** nouvelle
- **Édition de référence :** *Le Joueur d'échecs*, traduit de l'allemand par Brigitte Vergne-Cain et Gérard Rudent, Paris, Le Livre de Poche, 2009, 93 p.
- **1re édition :** 1943
- **Thématiques :** folie, passion, solitude, jeu, séquestration

La nouvelle *Le Joueur d'échecs*, écrite en 1941 (et publiée à titre posthume en 1943), est la dernière qu'a rédigée Stefan Zweig. Elle traite de plusieurs grands thèmes tels que la folie, la passion violente, la solitude et l'opposition face aux forces ennemies (ce qui n'est pas sans évoquer la montée des totalitarismes qui ont sévi en Europe dès la fin des années trente). L'écriture de Stefan Zweig s'attache principalement à décortiquer la nature et la psychologie humaine. L'auteur avouera par la suite à sa première épouse Frédérique qu'il s'était inspiré de sa propre passion des échecs pour composer cette nouvelle.

RÉSUMÉ

L'histoire débute sur un paquebot quand le narrateur, dont on ignore le prénom, pose son regard sur un groupe de journalistes qui semblent interviewer un jeune homme. Il s'agit du célèbre champion du monde d'échecs, Mirko Czentovic.

Celui-ci est longuement décrit comme un homme profondément bête, quoique doué d'une grande capacité de concentration et d'observation lorsqu'il pratique son « art ». Orphelin, il fut recueilli tout jeune par le charitable curé du village qui tenta, en vain, de lui offrir une formation intellectuelle. Mirko échouait partout, mais sortait néanmoins de sa torpeur à la vue d'un échiquier. Présenté à divers joueurs plus expérimentés, il gagna tous ses duels et gravit les échelons jusqu'à obtenir le respect des compétiteurs les plus réputés et à conquérir le titre de champion du monde.

Le narrateur, très désireux de le rencontrer et de mettre son talent à l'épreuve, élabore des plans pour pousser Czentovic à jouer une partie en public. Comme la meilleure façon d'attirer son attention consiste à jouer aux échecs, il décide d'inaugurer des séances de jeu. Son initiative attire rapidement les curieux dont MacConnor, un riche homme d'affaires imbu de lui-même. Ils s'affrontent, et ce dernier perd la partie.

Czentovic a assisté à la scène et manifeste du mépris pour les deux adversaires, ce qui a le don d'agacer MacConnor. De plus, le champion ne souhaite pas entamer une partie d'échecs sans rémunération. Dès lors, une forte somme d'argent lui est proposée contre sa participation à un tournoi le lendemain.

Czentovic se présente face à son adversaire, MacConnor, comme prévu le jour suivant. Il parvient à réduire sa stratégie à néant en quelques coups seulement. Aussitôt, le businessman renchérit : il veut une revanche. Alors que la seconde partie tourne également court, un mystérieux voyageur l'aide à obtenir un match nul face à Czentovic. Humilié, ce dernier réclame un nouveau duel contre l'inconnu dès le lendemain. Chargé de persuader ce dernier de livrer bataille une deuxième fois face au grand maitre, le narrateur part à sa recherche.

Allongé dans un transat, sur le pont, l'énigmatique passager semble heureux d'être abordé par le narrateur. Après avoir accepté de relever le défi lancé par Czentovic, le D^r B décide de raconter son histoire et les raisons qui l'ont poussé à devenir un féru du jeu d'échecs.

Cet ancien avocat fut, il y a peu, emprisonné par la Gestapo parce qu'il avait aidé à dissimuler les richesses de la famille impériale et des grandes lignées autrichiennes. Or Hitler aspirait à mettre la main sur les biens des plus nantis et procédait pour cela à de nombreuses arrestations. Le D^r B fut séquestré pendant quatre mois dans une chambre d'hôtel à l'isolement total sans rien savoir de ce qui passait à l'extérieur. Il était régulièrement interrogé par les milices et présenta peu à peu des signes de démence du fait de sa solitude.

Un jour, alors qu'il devait être interrogé, il vit un livre dans la poche du manteau d'un officier et parvint à le subtiliser. Il s'agissait d'un manuel exposant les techniques des meilleurs joueurs d'échecs au monde. Il en apprit le moindre mot. Il imagina ensuite ses propres parties et fut tellement obsédé par cette nouvelle occupation qu'il sombra dans la folie. À sa libération, il s'était promis de ne plus jamais toucher à un échiquier.

Honorant l'engagement qu'il a pris la veille, le D^r B se présente à la compétition, qui a lieu dans le fumoir, et commence la partie d'échecs avec beaucoup de décontraction. Et il la gagne ! La seconde a l'air tout aussi prometteuse. Cependant, le comportement du D^r B change du tout au tout, et son visage frémit sous les tics et les rictus à la suite des provocations de son adversaire. Perdant tout contact avec la réalité et se mettant à délirer, il est contraint par le narrateur d'arrêter la partie. L'histoire se clôt sur les félicitations empreintes d'ironie de Czentovic à son « brillant » concurrent.

ÉTUDE DES PERSONNAGES

LE NARRATEUR

On ne connait de lui ni son prénom ni son âge. Cependant, on sait qu'il est Autrichien et qu'il a embarqué sur le paquebot avec un ami. Il est le narrateur (même s'il délègue la parole au D^r B lorsque celui-ci raconte son histoire) et également un personnage important de la nouvelle.

Il semble assez curieux de nature, et sait faire preuve de stratégie et de manipulation pour arriver à ses fins. Inconsciemment, il espère être l'homme qui fera tomber le « héros » Czentovic, mais il est juste celui qui initie la première partie d'échecs. Challenger actif au début de la nouvelle, il s'éloigne progressivement de l'action pour ne devenir qu'un spectateur passif du jeu.

Il se qualifie d'intellectuel et méprise quelque peu les hommes qu'il estime inférieurs par leur bêtise (Czentovic) ou leur manque de civisme (MacConnor). Il est patient et prête une oreille attentive aux problèmes d'autrui (il accorde une partie de son temps au D^r B quand celui-ci exprime l'envie de lui raconter son histoire). Assez fidèle en amitié et très serviable, il tente de ramener son nouveau compagnon à la raison lorsqu'il remarque que celui-ci est, comme par le passé, entrainé par la frénésie du jeu au point de perdre le contrôle de lui-même.

Ce personnage est le seul qui joue aux échecs par simple plaisir. Il n'y voit aucun enjeu financier (à la différence de

Czentovic), ni aucun moyen de survie (à la différence du D^r B, confronté à l'isolement).

La description de cet érudit fait étrangement penser au portrait de Stefan Zweig lui-même. Dans le prologue de son œuvre, l'auteur avait annoncé qu'il s'était procuré un petit manuel d'échecs et que cet achat lui avait inspiré le thème de sa nouvelle. Comme Zweig qui s'indigna devant le régime nazi avant de le fuir, le narrateur est le témoin d'une guerre des clans. La bataille qui oppose le tacticien croate et le penseur autrichien semble être une métaphore de celle qui opposa les démocraties européennes aux totalitarismes.

MIRKO CZENTOVIC

L'enfance de Mirko Czentovic fut très malchanceuse. Fils d'un batelier croate, il se retrouva orphelin quand son père disparut dans le Danube. Il avait alors 12 ans.

Czentovic n'apparait pas comme quelqu'un de foncièrement intelligent. Simple d'esprit, il avait des difficultés à retenir ses leçons étant enfant. Réfléchir et donner posément son avis étaient des choses difficiles pour lui, ce qui entachait sérieusement sa réputation. Jadis, son tuteur, le curé du village, le définissait à ses amis comme un enfant très docile et ne rechignant pas à la tâche, mais il lui reprochait cependant son manque d'initiative :

> « Bref, il rendait consciencieusement, bien qu'avec une lenteur exaspérante, tous les services qu'on lui demandait. Mais ce qui chagrinait surtout le bon curé, c'était l'indifférence totale de son bizarre protégé. Il n'entreprenait rien de

> son propre chef, ne posait jamais une question, ne jouait pas
> avec les garçons de son âge et ne s'occupait jamais sponta-
> nément si on ne lui demandait rien : sitôt sa besogne finie, on
> voyait Mirko s'asseoir quelque part dans la chambre, avec cet
> air absent et vague des moutons au pâturage, sans prendre
> le moindre intérêt à ce qui se passait autour de lui. » (p. 15)

Entouré d'adultes, Mirko avait visiblement du mal à s'inté-
grer et était très renfermé sur lui-même. De plus, son retard
sur les enfants de son âge semblait impossible à combler. À
20 ans passés, il ne savait toujours pas écrire correctement
dans sa propre langue ni même compter autrement que sur
ses doigts. Ainsi, son succès dans le monde des échecs fut
pour lui une bouée à laquelle s'accrocher pour se faire une
place dans le monde. Il considère ce passetemps comme le
meilleur qui soit. Prétentieux et vénal, l'argent est davantage une motivation pour lui que la véritable passion du jeu.
D'ailleurs il ne joue que contre rémunération.

Dans ce livre, la forme d'intelligence de Mirko est opposée à
celle du D\u{r} B, qui est réellement fasciné par le jeu. Sa force
repose uniquement sur une bonne observation et sur la ra-
pidité d'action. Si on le dépeint comme déficient intellectuel
depuis le début du récit, Czentovic est peu à peu réhabilité
dans la nouvelle tant son comportement semble plus « nor-
mal » que celui du D\u{r} B. Aussi, alors qu'on le trouve parvenu
et prétentieux au début du récit, dans les dernières lignes,
il apparait sous un autre jour, en jouant sur la provocation
pour gagner à tout prix, et fait montre d'une magnanimité
ironique en « félicitant » son adversaire malheureux.

Physiquement, il a le front large, une « tête de paysan », est blond et robuste. Il a les paupières tombantes et le visage empourpré.

MACCONNOR

Parti de rien, cet Écossais se targue d'avoir bien réussi professionnellement et étale son argent de façon ostentatoire. Il était autrefois ingénieur et travaillait dans les puits de pétrole en Californie.

Il est, bien qu'il ne le remarque pas, l'homme de paille du narrateur (quand celui-ci lui suggère de se mettre en frais pour organiser un tournoi). Ce personnage très prétentieux supporte mal la défaite et ne lâche jamais prise. Il se sert de sa fortune comme d'un appât pour obtenir ce qu'il souhaite (à savoir une partie d'échecs contre le champion du monde). Son ambition et sa pugnacité sont communicatives.

Il est décrit comme trapu, large d'épaules, possédant une mâchoire carrée et des dents solides. Son allure est assez athlétique. Sa carnation jaunâtre serait due à son amour pour le whisky.

LE D^R B

Le D^r B ou M. B est sans doute le personnage central et le plus complexe du livre et celui dont la vie est la plus largement expliquée. Il était apparemment conseil juridique et fiscaliste avant son arrestation.

Ce personnage est assez ambivalent du point de vue comportemental et présente des attitudes différentes selon qu'il est en pleine monomanie (le fait de focaliser son esprit sur une idée fixe et répétitive) ou non. Il avoue avoir souvent joué aux échecs contre lui-même, en prison.

M. B est parfois victime d'une sorte de dédoublement de la personnalité et d'une perte de contact avec la réalité. Cette pathologie mentale évoque certains symptômes propres à la schizophrénie. Néanmoins, ce terme n'est jamais employé en tant que tel dans le livre.

Le D^r B est calme et posé quand il n'est pas soumis à l'addiction au jeu. Il est réfléchi, analyse finement les situations, et fait preuve de tact et de courtoisie vis-à-vis des autres joueurs. C'est un érudit (tout comme le narrateur). Il est altruiste, il aime rendre service aux autres. C'est aussi un homme intègre puisqu'il a repoussé toute collaboration avec la Gestapo pour protéger ses anciens clients.

Il fait preuve de modestie en affirmant ne plus avoir touché à un échiquier depuis plus de 20 ans. Il n'est pas nerveux lorsqu'il joue, et son calme, lors de la première partie d'échecs qu'il gagne face à Czentovic, contraste avec la fureur qui l'envahira lors de la seconde manche. Il est en effet frappé de démence à la vue d'un échiquier. Sa passion violente des échecs prend le pas sur sa raison et le fait plonger dans la folie. Alors qu'il avait de l'estime pour son adversaire lors de la première manche, il le fusille soudain du regard lors de la deuxième et devient très dédaigneux vis-à-vis de lui. Il se montre agressif et susceptible quand il pense que Mirko tente d'anéantir son jeu en ralentissant le rythme de ses coups. Son angoisse est traduite par des tics et des convulsions.

Physiquement, il est décrit comme un fantôme : il est blanc et a le visage maigre et anguleux. Son âge présumé est de 45 ans.

Si le narrateur semble avoir de nombreux points communs avec Stefan Zweig, il en va de même pour le Dr B. Comme lui, il connut l'exil et quitta l'Autriche. Son personnage s'oppose à celui de Czentovic.

CLÉS DE LECTURE

LA MONTÉE DU NAZISME

Au lendemain de la Première Guerre mondiale (1914-1918), l'Allemagne, grande perdante du conflit, vit un véritable cauchemar économique, politique et social. Suite aux décisions imposées lors du traité de Versailles (1919) et aux conséquences de la crise économique de 1929, elle croule sous la dette financière qu'elle a contractée envers les nations victorieuses et souffre de l'inflation. Cette précarité est le terreau des revendications du national-socialiste Adolf Hitler (1889-1945). Dénonçant l'humiliation subie par son peuple, celui-ci souhaite rétablir la grandeur de l'Allemagne et, rapidement, il fait de Berlin un grand centre culturel où foisonnent l'art et la propagande patriotique. Dans la foulée, il rend le service militaire obligatoire, crée une armée de l'air (la *Luftwaffe*) et fait construire des sous-marins pour attaquer les ennemis qui « oppriment » son pays. En 1934, il est officiellement nommé chef de la nation. En 1938, le chancelier allemand annexe l'Autriche : l'union entre les deux nations est appelée l'Anschluss. Le mouvement nationaliste et fasciste dépasse les simples frontières teutonnes et trouve des partisans partout à travers l'Europe.

Suite aux agissements antisémites, homophobes, xénophobes et criminels du parti nazi d'Hitler, les intellectuels autrichiens et allemands, opposés au régime, sont arrêtés. Un grand nombre de ceux qui le peuvent quittent leurs pays, devenus une terre hostile. À l'étranger, ils tentent de se mobiliser au profit de la paix et de l'humanisme. Les auteurs de langue allemande se spécialisent dans l'écriture de romans historiques où ils mettent régulièrement en avant le triomphe de l'intelligence et de l'esprit sur la cruauté et la bestialité de certains régimes totalitaires.

Fervent partisan de la vie et de la cause humaine, Zweig dénonce vivement le régime nazi et le décrie dans *Le Joueur d'échecs*. Une partie du livre est ainsi consacrée aux interrogatoires menés par la Gestapo, qui s'apparentaient à de la torture : brutalités, intimidation, privation de sommeil, de lumière ou de nourriture, isolement, suppression des repères temporels, etc. La détention, qui pouvait durer plusieurs mois, avait pour effet de briser l'équilibre psychologique des détenus afin de les manipuler plus facilement. Dans le cas du D^r B, même si le jeu d'échecs le maintient un moment à la surface, le traumatisme finit par avoir raison de lui et le marque durablement.

Zweig aime se documenter abondamment avant d'écrire, pour donner des descriptions précises des évènements et des individus. Cela fait de lui un puissant vecteur de savoir. Aussi l'écrivain se sent-il doublement touché par la question nazie : d'une part il est un intellectuel contraint à l'exil en raison de ses opinions politiques, d'autre part il doit fuir le Reich allemand en qualité de Juif menacé par les persécutions raciales. Ayant perdu toute foi en l'humanité et ne supportant plus de voir le chemin que prenait la société européenne en laquelle il croyait tant, il se suicida à Petrópolis avec son épouse en 1942.

LE D^R B ET CZENTOVIC, DES PERSONNALITÉS ET DES VALEURS OPPOSÉES

Les deux protagonistes les plus importants de la nouvelle sont le D^r B et Czentovic. Tous deux ont des personnalités distinctes et incarnent des valeurs différentes. Alors que Czentovic est stratège, calculateur aux échecs et qu'il possède l'intelligence d'un robot conditionné au jeu, le D^r B compte davantage sur sa réflexion et ses facultés d'anticipation pour déjouer les pièges que lui tend son adversaire.

La force brute et l'impassibilité du champion, qui ne mêle pas ses sentiments à son art, sont à mettre en relation avec la tactique implacable du mouvement nazi. Ses actions sont mécaniques car il est entrainé à jouer et surtout à gagner les parties d'échecs depuis son enfance. Un parallèle est à faire avec les Jeunesses hitlériennes dont les membres étaient conditionnés à la haine raciale et entrainés à la guerre. Son ignorance dans les autres domaines incarne, pour Zweig, la fermeture d'esprit des régimes totalitaires par rapport à l'humanisme et à la culture.

La puissance de M. B n'est pas du même acabit que celle de son ennemi croate. Intellectuel déçu par la vie et fortement marqué par la détention qu'il a subie jadis, il croit néanmoins encore en la possibilité d'une victoire de l'homme qui pense (et donc de l'humanisme) sur l'homme qui agit (le nazisme).

La première partie tourne à l'avantage du D^r B et salue ses exploits de personne capable d'anticiper les coups hostiles. La seconde le fait replonger dans la folie du jeu : l'intellectuel est vaincu, à l'image des érudits européens tenus au silence par la censure et les régimes totalitaires au xxᵉ siècle. L'abandon du jeu par M. B est représentatif de l'exil d'une intelligentsia blessée par le nazisme et contrainte à l'exil.

LA SYMBOLIQUE DU JEU D'ÉCHECS

Le Joueur d'échecs est un récit faisant la part belle au lexique militaire. De nombreux termes ou phrases relatifs à la guerre sont employés pour désigner le duel aux échecs (« diversion », « vaincre », « adversaires », « bataille », « leviers », « généraux », etc.). Ces occurrences laissent penser que, dans ce texte, l'échiquier est une représentation de la Seconde Guerre mondiale.

Cette plaque de bois quadrillée de 64 cases n'est pas sans rappeler la façon dont les nazis quadrillèrent fictivement l'Europe selon les territoires qu'ils souhaitaient ou non annexer. De façon manichéenne, les pions blancs (représentatifs des forces du bien et de la lumière) ont à affronter les pions noirs (symboles négatifs des ténèbres). D'ailleurs, lors de la première partie d'échecs opposant Czentovic à M. B, le sort attribue les pions noirs au champion et les blancs à son adversaire (ce qui renforce encore un peu plus l'opposition de leurs idéologies).

Comme dans la vraie vie, quand a lieu un conflit, les figurines sont malmenées, utilisées et éliminées les unes après les autres (en référence peut-être aux pactes que fit Hitler avec certains partis politiques allemands ou russes avant de les trahir et d'en anéantir les membres). La formule « échec et mat » annonce la fin de la partie et la défaite d'un des adversaires par mort de son roi (le traité de Versailles après la Première Guerre mondiale et les conférences des Alliés, à la fin de la Seconde Guerre mondiale, peuvent être perçus comme la perte de pouvoir d'une nation et son partage entre les grandes puissances victorieuses).

LA MALADIE MENTALE

M. B, ancien avocat de la maison royale autrichienne, se retrouve en 1938 arrêté par la Gestapo et enfermé de nombreux mois à l'isolement dans une chambre de l'hôtel Métropole à Vienne. Très vite, il se met à souffrir psychologiquement de ses conditions de détention et commence à perdre sa santé mentale. Régulièrement interrogé par la Gestapo, il parvient à subtiliser dans une salle d'attente un manuel d'échecs qui relate les parties les plus célèbres. Il reconstitue alors dans sa tête les coups dans leurs moindres détails, avec les déplacements de chacune des pièces, alternant lui-même les rôles des divers protagonistes. Ce jeu virtuel qui reste son unique activité provoque chez lui une obsession monomaniaque, dans laquelle il perd peu à peu son identité, dans un dédoublement de la personnalité, accompagné d'une perte de contact avec la réalité. Il sombre alors dans une sorte de schizophrénie : repli sur soi, refus de s'alimenter, mutisme, insomnies, délires, pertes de mémoire et de ses repères spatiotemporels, hallucinations auditives, etc.

Dans une crise de démence, il s'en prend soudain à un gardien et se jette violemment contre une fenêtre... Hospitalisé en psychiatrie, les nazis se désintéressent de son cas, et il sera par la suite remis en liberté. Ayant quitté l'Europe, il embarque depuis New York sur le même paquebot que le narrateur, à destination de Buenos Aires. C'est à bord qu'il croise la route de Czentovic, le jeune champion du monde d'échecs, qu'il tient en respect en apportant de judicieux conseils au narrateur et à MacConnor qui l'affrontent à l'occasion d'une partie. L'affrontement entre les deux joueurs devient alors inévitable : les deux protagonistes se vouent une haine froide et implacable. Si M. B a l'avantage lors de la première partie, Czentovic prend le dessus dans la seconde par ses provocations, et M. B est alors rattrapé par ses vieux démons de la folie : pris de tics nerveux, il se met soudain à délirer et déclare : « Échec au roi ! », alors que ce n'est absolument pas le cas. Le narrateur lui vient alors en aide en demandant au personnage de se ressaisir et de mettre fin à la partie d'échecs en cours. L'histoire se clôt sur cette quasi « rechute » dans l'aliénation mentale de M. B qui n'a pas réussi à se tenir à l'écart d'un échiquier, malgré ses propres engagements.

QUELQUES QUESTIONS POUR APPROFONDIR SA RÉFLEXION...

- Quels sont les grands thèmes développés dans cette nouvelle de Stefan Zweig ? Les retrouve-t-on dans ses autres œuvres ?
- À quel mouvement littéraire rattacheriez-vous Stefan Zweig ou à quel écrivain le compareriez-vous ? Argumentez.
- Zweig, né en 1881 dans une famille de Juifs autrichiens, a vécu la Seconde Guerre mondiale et s'est indigné face au régime nazi. Établissez un lien entre sa vie et, d'une part le rôle du narrateur dans Le *Joueur d'échecs*, d'autre part la vie du D^r B.
- De quoi l'échiquier peut-il être le symbole ?
- Opposez les personnages du D^r B et de Czentovic. Qu'incarnent-ils respectivement si on pense au contexte de la Seconde Guerre mondiale ?
- Le D^r B a finalement perdu la partie d'échecs. Selon vous, que symbolise cette défaite ?
- Selon vous, si le personnage du Dr B sombre dans la folie, est-ce en raison de l'isolement total qu'il a subi lors de son incarcération ou en raison de sa manie incontrôlable pour les échecs ?
- Stefan Zweig a écrit bon nombre de nouvelles. À votre avis, pourquoi utilise-t-il ce type de récit beaucoup plus court que le roman ?
- Décrivez l'utilisation faite par l'auteur de divers procédés littéraires mis en œuvre dans la nouvelle : récit enchâssé,

figures du double, mise en abyme, narration subjective, etc.
- Comparez la nouvelle Le *Joueur d'échecs* avec l'adaptation cinématographique qui en a été faite par Gerd Osward en 1960. Le réalisateur est-il fidèle à l'œuvre de Zweig ou se permet-il des libertés ? Expliquez.

Votre avis nous intéresse !
Laissez un commentaire sur le site de votre librairie en ligne
et partagez vos coups de cœur sur les réseaux sociaux !

POUR ALLER PLUS LOIN

ÉDITION DE RÉFÉRENCE

- Zweig S., *Le Joueur d'échecs*, Paris, Le Livre de Poche, 2009.

ÉTUDES DE RÉFÉRENCE

- Calais É. et Roux P., *Précis des littératures de la communauté européenne*, Bruxelles, Labor, 1993.
- Durand A., « *Le Joueur d'échecs* », in *Le Comptoir littéraire.com*, consulté le 24 septembre 2010. http://www.comptoirlitteraire.com/z.html
- « Stefan Zweig » et « *Le Joueur d'échecs* », in *Portail pédagogique de l'Académie de La Réunion*, consulté le 26 septembre 2010.

ADAPTATION

- *Le Joueur d'échecs*, film de Gerd Osward, avec Curd Jürgens et Mario Adorf, Allemagne, 1960.

SUR LEPETITLITTÉRAIRE.FR

- Fiche de lecture sur *La Confusion des sentiments* de Stefan Zweig.
- Fiche de lecture sur *Vingt-quatre heures de la vie d'une femme* de Stefan Zweig.

www.lepetitlitteraire.fr

ISBN version numérique : 978-2-8062-1819-3
ISBN version papier : 978-2-8062-1256-6
Dépôt légal : D/2013/12603/344

Avec la collaboration de Jérémie Jérôme Hallais pour le chapitre « La maladie mentale ».

Conception numérique : Primento,
le partenaire numérique des éditeurs.

Ce titre a été réalisé avec le soutien de la Fédération Wallonie-Bruxelles, Service général des Lettres et du Livre.

Retrouvez notre offre complète sur lePetitLittéraire.fr

- des fiches de lectures
- des commentaires littéraires
- des questionnaires de lecture
- des résumés

ANOUILH
- Antigone

AUSTEN
- Orgueil et Préjugés

BALZAC
- Eugénie Grandet
- Le Père Goriot
- Illusions perdues

BARJAVEL
- La Nuit des temps

BEAUMARCHAIS
- Le Mariage de Figaro

BECKETT
- En attendant Godot

BRETON
- Nadja

CAMUS
- La Peste
- Les Justes
- L'Étranger

CARRÈRE
- Limonov

CÉLINE
- Voyage au bout de la nuit

CERVANTÈS
- Don Quichotte de la Manche

CHATEAUBRIAND
- Mémoires d'outre-tombe

CHODERLOS DE LACLOS
- Les Liaisons dangereuses

CHRÉTIEN DE TROYES
- Yvain ou le Chevalier au lion

CHRISTIE
- Dix Petits Nègres

CLAUDEL
- La Petite Fille de Monsieur Linh
- Le Rapport de Brodeck

COELHO
- L'Alchimiste

CONAN DOYLE
- Le Chien des Baskerville

DAI SIJIE
- Balzac et la Petite Tailleuse chinoise

DE GAULLE
- Mémoires de guerre III. Le Salut. 1944-1946

DE VIGAN
- No et moi

DICKER
- La Vérité sur l'affaire Harry Quebert

DIDEROT
- Supplément au Voyage de Bougainville

Dumas
• Les Trois
  Mousquetaires

Énard
• Parlez-leur
  de batailles,
  de rois et
  d'éléphants

Ferrari
• Le Sermon sur la
  chute de Rome

Flaubert
• Madame Bovary

Frank
• Journal
  d'Anne Frank

Fred Vargas
• Pars vite et
  reviens tard

Gary
• La Vie devant soi

Gaudé
• La Mort du
  roi Tsongor
• Le Soleil des
  Scorta

Gautier
• La Morte
  amoureuse
• Le Capitaine
  Fracasse

Gavalda
• 35 kilos d'espoir

Gide
• Les
  Faux-Monnayeurs

Giono
• Le Grand
  Troupeau
• Le Hussard
  sur le toit

Giraudoux
• La guerre de
  Troie
  n'aura pas lieu

Golding
• Sa Majesté des
  Mouches

Grimbert
• Un secret

Hemingway
• Le Vieil Homme
  et la Mer

Hessel
• Indignez-vous !

Homère
• L'Odyssée

Hugo
• Le Dernier Jour
  d'un condamné
• Les Misérables
• Notre-Dame
  de Paris

Huxley
• Le Meilleur
  des mondes

Ionesco
• Rhinocéros
• La Cantatrice
  chauve

Jary
• Ubu roi

Jenni
• L'Art français
  de la guerre

Joffo
• Un sac de billes

Kafka
• La Métamorphose

Kerouac
• Sur la route

Kessel
• Le Lion

Larsson
• Millenium I. Les
  hommes qui
  n'aimaient pas
  les femmes

Le Clézio
• Mondo

Levi
• Si c'est un
  homme

Levy
• Et si c'était vrai…

Maalouf
• Léon l'Africain

MALRAUX
- La Condition humaine

MARIVAUX
- La Double Inconstance
- Le Jeu de l'amour et du hasard

MARTINEZ
- Du domaine des murmures

MAUPASSANT
- Boule de suif
- Le Horla
- Une vie

MAURIAC
- Le Nœud de vipères

MAURIAC
- Le Sagouin

MÉRIMÉE
- Tamango
- Colomba

MERLE
- La mort est mon métier

MOLIÈRE
- Le Misanthrope
- L'Avare
- Le Bourgeois gentilhomme

MONTAIGNE
- Essais

MORPURGO
- Le Roi Arthur

MUSSET
- Lorenzaccio

MUSSO
- Que serais-je sans toi ?

NOTHOMB
- Stupeur et Tremblements

ORWELL
- La Ferme des animaux
- 1984

PAGNOL
- La Gloire de mon père

PANCOL
- Les Yeux jaunes des crocodiles

PASCAL
- Pensées

PENNAC
- Au bonheur des ogres

POE
- La Chute de la maison Usher

PROUST
- Du côté de chez Swann

QUENEAU
- Zazie dans le métro

QUIGNARD
- Tous les matins du monde

RABELAIS
- Gargantua

RACINE
- Andromaque
- Britannicus
- Phèdre

ROUSSEAU
- Confessions

ROSTAND
- Cyrano de Bergerac

ROWLING
- Harry Potter à l'école des sorciers

SAINT-EXUPÉRY
- Le Petit Prince
- Vol de nuit

SARTRE
- Huis clos
- La Nausée
- Les Mouches

SCHLINK
- Le Liseur

SCHMITT
- La Part de l'autre
- Oscar et la
  Dame rose

SEPULVEDA
- Le Vieux qui
  lisait des romans
  d'amour

SHAKESPEARE
- Roméo et Juliette

SIMENON
- Le Chien jaune

STEEMAN
- L'Assassin
  habite au 21

STEINBECK
- Des souris et
  des hommes

STENDHAL
- Le Rouge et
  le Noir

STEVENSON
- L'Île au trésor

SÜSKIND
- Le Parfum

TOLSTOÏ
- Anna Karénine

TOURNIER
- Vendredi ou
  la Vie sauvage

TOUSSAINT
- Fuir

UHLMAN
- L'Ami retrouvé

VERNE
- Le Tour
  du monde
  en 80 jours
- Vingt mille
  lieues sous
  les mers
- Voyage au
  centre de
  la terre

VIAN
- L'Écume des jours

VOLTAIRE
- Candide

WELLS
- La Guerre des
  mondes

YOURCENAR
- Mémoires
  d'Hadrien

ZOLA
- Au bonheur
  des dames
- L'Assommoir
- Germinal

ZWEIG
- Le Joueur
  d'échecs

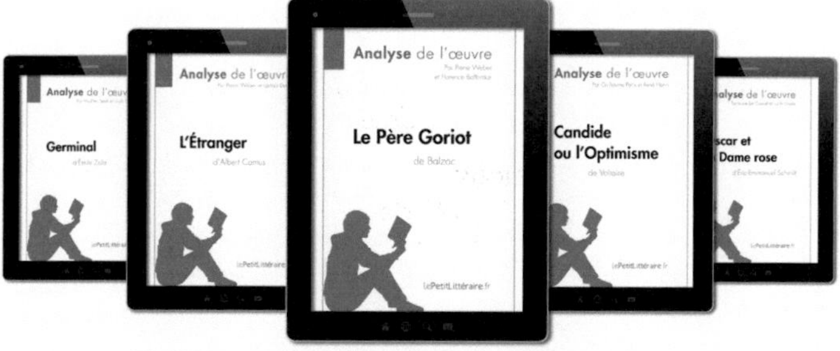